Jorge Luis
Borges

La cifra

天数

[阿根廷] 豪尔赫·路易斯·博尔赫斯 著

林之木 译

上海译文出版社

目 录

1_ 题词

3_ 序言

7_ 龙达

9_ 书的作用

11_ 笛卡儿

13_ 两座教堂

15_ 贝珀

17_ 写在购得一部百科全书之时

19_ 那个人

21_ 《传道书》第一章第九节

23_ 两种形式的失眠

25_ 修道院

28_ 一则神奇故事的注解

30_ 结语

32_ 布宜诺斯艾利斯

34_ 考验

35_ 赞歌

38_ 幸福

40_ 哀歌

42_ 布莱克

44_ 诗人

46_ 过去的日子

49_ 天机

51_ 胡安·穆拉尼亚的歌谣

54_ 安德雷斯·阿尔莫亚

56_ 第三个人

59_ 对现在的追思

60_ 极点

62_ 诗两首

65_ 天使

67_ 睡眠

69_ 一个梦

70_ 《地狱篇》第五章第一百二十九行

72_ 流逝或存在

74_ 名望

76_ 正直的人

77_ 帮凶

78_ 间谍

79_ 沙漠

81_ 漆手杖

83_ 致岛屿

86_ 围棋

*88_* 神道

*90_* 外乡客

*92_* 俳句十七首

*98_* 日本

*100_* 天数

题　　词

　　世界或岁月的本身就是由一系列说不清的事情组成的，其中，为一本书题词，理所当然，也并非一件易事。题词被认为是一种付出、一种赠予。除了出于善心施舍给穷人的不图回报的钱币之外，一切赠予都是相互的。施赠者并没有失去赠品。给予和接受是一码事。

　　同世界上的所有的举动一样，为一本书题词是一件奇妙的事情，也可以说是以一种最惬意、最动情的方式提及一个人的名字。玛丽亚·儿玉，我现在要提到的就是您的名字。多少个清晨，多少处海域，多少座东方和西方的园林，多少遍维吉尔。

豪·路·博尔赫斯
一九八一年五月十七日，布宜诺斯艾利斯

序　　言

　　文学创作可以教会我们免犯错误而不是有所发现。文学创作能够揭示我们的无能、我们的严重局限。经过这么多年的实践，我终于明白自己创造不出优美韵律、奇巧比喻、惊人感叹，也写不出结构精巧或者长篇大论的文章。我只能写点通常所谓的文人诗。语言几乎就是一种矛盾。智能（头脑）通过抽象概念进行思索，诗歌（梦境）是用形象、神话或者寓言来组构。文人诗应该将这两种过程很好地糅合在一起。柏拉图在其对话中就是这么做的，弗朗西斯·培根在列举部族、市场、洞窟和剧场假象的时候也是如此。这一体裁的大师，在我看来，当属爱默生；勃朗宁和弗罗斯特，乌纳穆诺以及据说还有保尔·瓦莱里，也都曾尝试过，而且分别取得了不错的效果。

纯属文字游戏式的诗歌典范是海梅斯·弗莱雷[1]下面的这一节诗作：

> 想象中的那美丽的鸽子啊，
> 你使初燃的情火热烈而白炽；
> 你是光明、音乐和鲜花的精灵啊，
> 想象中的那美丽的鸽子。

什么内容都没有，但是，从韵律的角度来看，又说出了一切。

文人诗，可以举爱伦·坡背诵得出来的路易斯·德·莱昂那首自由体诗为例：

> 我愿独自生活，
> 我愿尽享苍天的赐予，

---

[1] Ricardo Jaimes Freyre（1868—1933），玻利维亚现代派诗人。

孤处、无侣,

没有爱,没有妒,

没有恨,没有希望,没有疑虑。

没有任何形象。没有一个漂亮字眼,只有那个"侣"字似乎不是个抽象的概念。

这个集子里的文字追求的是一种中间的形式,当然,对其效果,显然,不无怀疑。

豪·路·博尔赫斯

一九八一年四月二十九日,布宜诺斯艾利斯

龙　　达[*]

伊斯兰教曾经意味着

夷平西方及东方的利剑

和浩荡大军在尘世的喧嚣

和一种启示及一种戒律

和偶像的毁灭

和万物对一位孤独的

凶神的崇奉

和玫瑰花及苏菲派教徒的美酒

和押韵的古兰经文

和波涛翻腾的河川

和沙原的无休絮语

和代数学那另外一种语言
和《一千零一夜》那悠远的花园
和理论过亚里士多德的人们
和掠国毁城的帖木儿及奥玛尔，
如今，在这儿，在龙达，
在失明的迷茫中，
只有庭院的深深沉寂、
素馨的闲适
和那早已阻断了沙漠往事的
清幽流水声。

---

* 西班牙安达卢西亚地区马拉加省城市，9至15世纪曾被摩尔人占据。

书 的 作 用

书房里有过一本阿拉伯文书。那本书是一个老兵[1]在托莱多的一个市场上买到的，但是，东方学者却只是通过西班牙文本才了解到了它的存在。那是一本奇妙的书，以预言的方式记述了一个人[2]从五十岁直到一六一四年去世这整个期间的作为与言论。

没人可能再见到那本书了，因为它已经毁于第六章[3]里讲到的，由一位神甫和那人的朋友剃头匠吩咐点起的著名大火之中。

那人藏有过那本书。他虽然从来没有读过，但却有着同阿拉伯原作者的设想完全一样的遭遇，而且，那遭遇还将永远继续演绎下去，因为他的英勇业绩已经融入了世界各族人民的宏大记忆之中了。

　　这一虚构难道会比由一个上帝设计的伊斯兰教的宿命或者那赋予我们选择下地狱的可怕权利的天意更为荒唐吗?

1　指西班牙作家塞万提斯。
2　指塞万提斯的名著《堂吉诃德》的主人公阿隆索·吉哈诺。
3　指《堂吉诃德》的第六章。

笛 卡 儿

我是地球上唯一的人,而且很可能没有任何土地、人,乃至于神能够将我欺骗。

也许是某位神明让我承受时光那漫漫梦幻的熬煎。

我梦见过月亮以及我那看到月亮的双眼。

我梦见过混沌初开第一天的黄昏与黎明。

我梦见过迦太基[1]和毁灭了迦太基的军团。

我梦见过卢坎。

我梦见过髑髅地的山冈和罗马的十字架。

我梦见过几何学。

我梦见过点、线、面、体。

我梦见过黄、蓝、红。

我梦见过自己羸弱的童年。

我梦见过地图、王国和曙色中的葬礼。

我梦见过难以想象的痛苦。

我梦见过自己的宝剑。

我梦见过波希米亚的伊丽莎白[2]。

我梦见过怀疑和确信。

我梦见过明媚的昨天。

也许我未曾有过过去,也许我没有出生过。

也许我梦见做过梦。

我觉得有点儿冷、有点儿怕。

多瑙河上笼罩着夜色。

我将继续梦见笛卡儿以及他的先辈们的信念。

---

1 古代名城,相传由腓尼基人建于公元前 814 年,曾经一度非常繁荣,但 439 年遭到汪达尔人蹂躏,705 年又被阿拉伯人占领,遂一蹶不振。
2 指匈牙利公主伊丽莎白(Elizabeth of Hungary,1207—1231)。在丈夫于第六次十字军东征期间的 1227 年死于瘟疫之后,她倾心于慈善活动,留下很多传说。

两座教堂[*]

在阿尔马格罗区南面的图书馆[1]里，
咱们曾经一起度过呆板乏味的时光，
一起按照布鲁塞尔十进制法[2]
没完没了地对图书进行分理；
你曾经告诉给我一个奇特的愿望，
说你想要写出一首长诗，
那诗的每一行、每一节
都具有远方的沙特尔[3]教堂
（你的肉眼从来都没有见过）
那样的布局和规模，
有唱经处、有大殿、

有穹隆、有祭坛、有尖塔。

如今，斯基亚沃啊，你已经死了。

你一定带着虔诚的笑容

从虚幻的天上看到了

那真实的石砌教堂

和你藏在心底的文字圣殿，

你总该知道

法国人历经几代竖立起来的建筑

和你想象中的殿堂

都是一个不可思议的模式的

应时和难以持久的翻版。

---

* 我以为，哲学和神学是虚构文化的两种类型。两种优秀的类型。事实上，相对于巴鲁克·斯宾诺莎或典型的柏拉图式人物的具有无限属性的无限物质而言，山鲁佐德或隐身人的夜晚又是个什么样子呢？对前者，我在《流逝或存在》以及《贝珀》等诗中有所涉及。我顺便想起了中国的某些学派曾经争论过是否存在椅子和竹椅的模式，亦即"理"。有兴趣的读者可以参阅冯友兰的《中国哲学简史》（麦克米伦出版社，1948）。——原注

1 博尔赫斯当时供职的米格尔·卡内市立图书馆，坐落在阿尔马格罗区南面的卡洛斯·卡尔沃大街。

2 一种图书分类法，即以三位数表示图书的主要分类、以小数点后的数字表示次要分类的方法。

3 法国厄尔-卢瓦省省会，市内圣母大教堂的主体部分建于13世纪，建造历时达三十年之久。

贝　　珀[*]

那孤居独处的白猫

端详着自己映在镜子里的映像,

它不可能知道

从未在家里见到过的

那团白毛和那双金眼就是自己的模样。

又有谁能够告诉它：

盯着它的那另一只猫不过是镜子的映像？

我在想：那两只神形化一的猫,

镜子里的和有血有肉的,

都是一个永恒物种为时光留下的幻象。

如今也变成了虚影的普罗提诺[1]

在其《九章集》中下了这样的断语。
我们人类又是
哪个天堂生成之前的亚当、
哪位不可探知的神明的破碎镜子?

---

* 博尔赫斯的宠猫。
1 Plotinus（约205—约270），古希腊哲学家，新柏拉图主义创始人，五十四篇著述由其学生汇编为六卷，每卷九章，名《九章集》。

写在购得一部百科全书之时

这就是布罗克豪斯[1]的浩繁百科全书,
这就是那一本本厚重卷帙和地图册,
这就是德国的敬业精神,
这就是新柏拉图主义和诺斯替教派[2]的名人,
这就是第一位亚当和不来梅的亚当,
这就是老虎和鞑靼人,
这就是精致的印刷和大海的蔚蓝,
这就是时光的记忆和时光的迷宫,
这就是谬误和真理,
这就是比任何个人的知识都更为广博的杂合物,
这就是长期辛苦的结果。

这里还有看不见东西的眼睛、颤抖不已的双手、无法阅读的书籍、

瞎子眼前的朦胧黑影、渐觉远去的墙壁。

然而，这里也有着一种新的秩序：

这旧时留下的建筑、

一种吸引力和一种现实、

那贯注于对我们漠然又不相关的器物的

神秘的眷恋情意。

---

1 Friedrich Arnold Brockhaus（1772—1823），德国百科全书编辑和出版者，由他主编的德文百科全书以条目简短内容充实著称。该百科全书初版于 1811 年，第 15 版（1928—1935）共 20 卷，1966 年经彻底修订和重印的第 17 版第一卷于 1966 年出版，名字亦改作《布罗克豪斯百科全书》。

2 一种融合多种信仰，把神学和哲学结合起来的秘传宗教。公元 1 至 3 世纪在地中海东部各地流传。

那 个 人 *

啊，岁月流转，徒然地

冲蚀着南半球的

一位小诗人的生平足迹，

命运或者星宿给了他

一个没有留下子嗣的身躯

和漆黑牢狱般的失明境遇

和濒临死亡的龙钟年纪

和没人比得上的声誉

和觅句作诗的习惯

和对百科辞书

及精美的手绘地图

及纤巧牙雕的一贯偏爱

和对拉丁文的缠绵怀念

和对爱丁堡及日内瓦的断续回忆

和忘却日期和人名的陋习

和对多彩的东方民族

并不认可的东方的崇拜

和预示缥缈希望的黄昏

和对词源的过分痴迷

和撒克逊语言的尖刻

和总是给我们带来惊喜的月亮

和布宜诺斯艾利斯那恶癖、

葡萄及清水

及墨西哥甜饮可可的甘美

和些许金钱

和一个于某个与那么多同往常一样的黄昏

只能陪伴这些诗句的沙漏。

---

* 几乎同其他所有各篇一样,这首诗中充斥着随意的罗列。关于这种沃尔特·惠特曼曾经熟练运用过的表现形式,我只能说,貌似混沌一片、杂乱无章,其实另成一体、自有其序。——原注

《传道书》第一章第九节[*]

如果我的手掠过额头,
如果我抚弄书脊,
如果我翻阅《夜书》,
如果我打开第三道门锁,
如果我在门槛上迟疑耽搁,
如果难忍的疼痛让我畏缩,
如果我想到时间机器的运转,
如果我想到绣有独角兽[1]的壁毯,
如果我改变睡姿,
如果我记起一句诗文,
这是在注定了的人生旅途中
重复已经做过无数次的事情。

我不可能有新的作为,

我一遍遍地演绎着同一个寓言,

我重写着已经重写过的诗句,

我复述着别人说过的话语,

白天或者茫茫黑夜的同一时刻

我都有着同样的感觉。

每天夜里做着同样的噩梦,

每天夜里都感受到迷宫的困锁。

我是一面静止的镜子的倦怠

或者一座博物馆里的尘埃。

我只是在把一件不喜欢的事情等待,

那是一件赠品、一块乌金,

也就是死亡那个纯真的女孩

(西班牙语允许这样的比喻)。

---

* 有人认为这段内容暗指毕达哥拉斯的追随者们提出的轮回说。我觉得那种观念不符合希伯来人的思维习惯。——原注
《圣经·旧约》的这一节是"已有的事,后必再有;已行的事,后必再行。日光之下,并无新事"。

1 神话动物,形似马或小羊,额头长有一只独角。在基督教文化中,独角兽常被比作基督,说他长有一只拯救人类的角。

两种形式的失眠

什么是失眠?

这个问题有点儿文气;至于答案,我再清楚不过了。

失眠是在夜深人静的时候满怀恐惧地计数那恼人的凄楚钟声,是徒然地希冀着让呼吸平和,是身体的猛烈翻动,是紧紧地闭上眼睛,是一种近似于发烧的状态而且当然并不清醒,是默诵多年以前读过的文章的片断,是知道别人熟睡的时候自己不该独醒,是渴望进入梦境而又不能成眠,是对活着和还将继续活下去的恐惧,是懵懵懂懂地熬到天明。

什么是长寿?

长寿是依托着功能正在衰竭的躯体活着,是以十年为单位而不是按秒针的跳动来计算的失眠,是大海和金字塔、古老的图书馆和连续更迭的朝代、亚当见到过的每一道曙光的重负,是并非不知道自己摆脱不了自己的肉体、自己的声音、自己的名字、对往事的不断回忆、自己没有掌握的西班牙语、对自己不懂的拉丁文的痴迷、想死而又死不了的心情、活着和还将继续活下去的现实。

修　道　院[*]

从法兰西王国的某个地方

运来的玻璃和石材

在曼哈顿岛[1]建起了

这些幽深的修道院。

这不是无端的想象。

这是对一种乡情的真诚纪念。

一位美国人告诉我们，

我们可以随意付钱，

因为这座建筑没有用处，

我们掏出来的钱财

将会化作金币或者青烟。

这修道场所阴森可怖，

胜过了吉萨金字塔[2]

或者克诺索斯[3]的迷宫，

因为它同时也是梦幻。

我们听到了泉水丁冬，

可是那清泉却在橙园里

或者竟是《阿斯拉人》[4]的歌声。

我们听到了拉丁民族的呼唤，

可是那呼唤

发自伊斯兰教逼近时的阿基坦[5]。

我们在壁毯上看到了

那被判极刑的独角兽的

死亡与复活，

---

* 标题原文为英文。
1 美国纽约州的一个岛屿。
2 埃及第四王朝（约前2613—前2494）的金字塔，世界七大奇观之一。
3 古克里特城市，最早的爱琴海文化中的米诺斯文化中心。
4 阿斯拉人为阿拉伯民族的一支，古时多为奴隶。1846年海涅以此为题赋诗，后由德国作曲家卡尔·勒威（1796—1867）谱曲。
5 法国西南部地区，1451—1453年间英法两国为争夺这一地区而交战。

因为在这里

时光没有固定的顺序。

待到莱弗·埃里克松[1]望见美洲沙滩的时候，

我手中现在的桂枝将会绽出鲜花。

我感到有些头晕。

我不习惯于永生。

---

[1] Leif Eriksson，10世纪的挪威航海家，红头发埃里克之子。

一则神奇故事的注解

在威斯康星或得克萨斯或亚拉巴马，孩子们常常玩打仗，两边分别代表着北方和南方。我知道（人人都知道），失败有一种辉煌胜利所没有的尊严，不过，我也想象得到，那种玩了一个多世纪并且也不止在一块大陆玩的游戏，总有一天会玩出让时间倒退或者如同皮埃特罗·达米亚诺[1]所说的修正过去的奇妙把戏。

如果这种情况真的发生，如果在漫长的游戏过程中南方打败了北方，今天将会回到昨天，李的人马就会于一八六三年七月初在葛底斯堡大获全胜，多恩的手就会写完他那首关于一个灵魂轮回的诗，老态龙钟的绅士阿隆索·吉哈诺就会得到杜尔西内娅的爱情，黑斯廷斯[2]的八千撒克逊人就会像曾经打败过挪威人那样战胜诺曼底人,而毕达哥拉斯也就不会在阿尔戈斯[3]的一扇大门上认出自己还是欧福耳玻斯时用过的盾牌。

---

1 Pietro Damiano(1007—1072),意大利红衣主教。
2 诺曼底公爵于1066年10月在黑斯廷斯大败英格兰国王哈罗德二世,从而确立了他对英格兰的统治。
3 古希腊城邦,在伯罗奔尼撒地区。

结　　语

人生在世行程有限，

你该走的步数已经走完，

我是说你死了。我也弃绝人寰。

我确切地记得

那不期而别的夜晚，如今却在想：

一九二几年的时候，

曾经有过两个少年，

他们是柏拉图的信徒，

曾经在南半球夜空下的长街间、

在帕雷德斯的琴声中、

在街谈巷议和殴斗事件里面

或者迎着杳无人迹的曙色
将布宜诺斯艾利斯的真谛寻觅,
如今,他们可否安然?
勤学好读的弗朗西斯科·路易斯啊,
你这在克维多的事业上、
在对吟诗作赋的痴迷中的兄弟,
你这比喻那一古老手法的发掘者
(当时我们全都如此),
但愿你能不期而然地同我一起
共度这空寞的黄昏,
但愿你能帮我推敲诗句。

布宜诺斯艾利斯

我出生在另一个也叫布宜诺斯艾利斯的城市。

我记得院门合页的吱嘎声。

我记得令人怀念的素馨花和水池。

我记得那个原来鲜红、后来变成粉色的标记。

我记得背风向阳的角落和中午的小憩。

我记得有两把曾经在沙漠里扬威逞雄的宝剑交叉而悬。

我记得瓦斯灯和拿着棍子的人。

我记得那豪爽的时代、记得那些不宣而至的人们。

我记得那把带剑的手杖。

我记得自己亲眼见过和父母讲过的事情。

我记得待在九月十一日地区糖果店的角落里的马塞多尼奥。

我记得九月十一日地区上的那些从内地来的马车。

我记得图库曼大街上的菲古拉商场。

(埃斯塔尼斯劳·德尔坎伯就死在了那个转弯处。)

我记得自己从未能进去过的、奴隶们居住的第三重院落。

我也记得阿莱姆[1]在一辆锁着门的车里自戕的枪声。

在那个将我遗弃了的布宜诺斯艾利斯里我可能是个陌路之人。

我知道只有失去了的乐园才是人们可以自由进出的场所。

一个几乎同我一样、一个没有读过这段文字的人

可能会对那水泥的高塔和石雕的方尖碑[2]慨叹不已。

---

1 Leandro Nicéforo Alem (1841—1896),阿根廷政治家,1874 年革命的主要策动者之一,后因对政治失望而自杀。
2 指布宜诺斯艾利斯七月九日大道上的独立纪念碑。

考　　验

就在那扇门的另外一侧,

一个男人颓然地倒了下去。

他所崇奉的古怪神明叫作三、二、一,

今天夜里他将徒然祈祷

并且相信自己不会有死亡之期。

此刻,他预感到了死亡的临近,

知道自己不过是个坐着的生灵而已。

兄弟啊,你就是那个男人。

让我们感谢每一次相聚,然后将一切忘记。

赞 歌

今天早晨

空气中弥漫着天堂的玫瑰

那令人难以置信的香气。

在幼发拉底河的岸边,

亚当发现了流水的清凉。

天上落下一阵金雨,

那是宙斯的爱怜。

一条鱼露出了海面,

阿格里真托的一位人物[1]

将会记起曾经就是那条鱼。

在那名字将会叫作阿尔塔米拉的洞窟里面,

一只不见容颜的手

绘出了成为野牛脊背的曲线。

维吉尔的手缓缓地抚摩着

驼队和海船

从黄帝的国度

运来的绸缎。

第一只夜莺在匈牙利发出清唱。

耶稣在钱币上看到了恺撒的头像。

毕达哥拉斯告诉他的同胞

时光的轨迹是圆圈。

在大洋中间的一个岛上,

银色的猎犬在追逐金色的麋鹿。

人们在一个铁砧上锻造

西古尔德将要使用的宝剑。

惠特曼在曼哈顿高歌。

荷马在七个城市里降生。

---

1 指古希腊哲学家恩培多克勒(Empedocles,约前490—前430),生于西西里古城阿格里真托,他曾说自己是"一条露出海面的无声的鱼"。

一位少女刚刚逮住了

白色的独角兽。

整个历史如同浪涛的回转，

那些往事之所以再现，

因为一个女人亲吻了你的脸。

幸　　福

拥抱一个女人的是亚当。那女人就是夏娃。

一切都是开天辟地的第一次。

我看到天上有一个白色的物体。听说那是月亮，可是，一个名称和一段神话对我又有什么意义。

我对树木怀有某种畏惧。树木是那么美丽。

温顺的禽兽走过来等待我的呼唤。

图书馆里的书籍不见字迹。只有我将它们打开，那字迹才能显现。

翻开地图，我会看到苏门答腊的形状。

于黑暗中划燃火柴的人在制造火焰。

镜子里潜藏着另一个自己。

望着大海就等于看到了英国。

读到李利恩克龙的诗就是参加战斗。

我梦见过迦太基和毁灭了迦太基的军团。

我梦见过宝剑和天平。

应该歌颂那没有拥有者和被拥有者但却两相情愿的爱情。

应该赞美让我们梦见我们可以创造地狱的噩梦。

步入江川就是走进恒河。

望着沙漏就能看到一个帝国的覆没。

把玩匕首就预示着恺撒的暴亡。

沉睡的时候人人都一样。

我在沙漠上见到了刚刚雕成的年轻的斯芬克斯。

阳光下没有任何古老的事物。

一切都是开天辟地第一次,不过是一种永恒的形式。

读我的诗句就是在把这诗句创造。

哀　歌

他流下了几滴眼泪。没人看到，
就连镜子也不知晓。
无需怀疑，那眼泪
是在为一切值得痛惜的事情哀悼：
他未曾见过的海伦的姿容，
岁月那不可逆转的波涛，
耶稣那钉在罗马十字架上的手臂，
迦太基的残迹荒草，
匈牙利人和波斯人的夜莺，
片刻的幸福和烦恼，
讴歌过武功的

纯洁而柔美的维吉尔，
每个新奇的黄昏
以及将化为晚景的黎明的
彩云的变幻飞飘。
在布宜诺斯艾利斯城，
一个孤独、深情、苍老的人，
刚刚躲在屋子里面
为万般世事呜咽。

布 莱 克

那无意中在你手里散发出幽香的玫瑰

现在可能会在什么地方？

不在颜色，因为花没有眼睛，

不在那绵绵的芳菲，

也不在瓣片的分量。

这一切只是些许弥散的回响。

真正的玫瑰非常遥远。

可能是一块柱石或一次战役

或一片天使聚居的天空

或一个神秘而又必需的无限境地

或一个我们看不到的神祇的欢欣

或另一块苍穹里的银色星系
或一个没有玫瑰形状的
硕大无朋的物体。

诗　　人

赫拉克利特啊，我们就是你说的长河。
我们就是时光。它那不可更改的流逝
冲走了猛狮和高山、
泪浸的爱情、享乐的余烬、
无尽的奢望、
大串化作了尘埃的帝国的名字、
希腊和罗马诗人的作品、
黎明时分的幽暗海洋、
那作为死亡预演的梦境、
兵刃和武士、历史陈迹、
雅努斯那两张互不相识的面孔、

棋子在棋盘上

搭建起来的象牙迷宫、

麦克白

那可以染红大海的血手、

钟表在黑暗中的悄然运行、

持续地映在另一面镜子之中

而无人顾及的镜子、

钢版插图、花体文字、

放在柜子里的硫条、

失眠时的沉重轰鸣、

曙光与黄昏及彩霞、

回声、退浪、细沙、地衣、梦想。

我只是这些偶然生成

又因无聊而被提及的物象。

尽管双目失明又加体弱多病,

我还必须用这些物象写出这首不会蚀损的诗

并且（作为责任）求得自救。

过去的日子 *

我是同时又不是新教牧师
以及那以自己无法估量的沙漠尘埃
对抗哥特佬和长矛兵们的
南部美洲战士们的嫡传子孙。
我真正的血缘却是
仍然在耳边回响的
父亲那吟诵斯温伯恩的诗篇的声音
以及那些翻阅、翻阅而未曾读过、
却让我感到满足的厚厚书册。
我就是先哲们灌输给我的一切。
机缘或命运,两个名称代表着

我们不能掌握的同一个奥秘，

是它们给了我不同的祖国：

布宜诺斯艾利斯、只有过一夜之缘的奈良、

日内瓦、两个科尔多瓦[1]、冰岛……

我是一场孤独的幽梦，在那梦中，

我忘掉了或者试图忘掉自己。

我是黎明和黄昏、

昔日的清晨、第一次见到的大海

或那轮没有维吉尔和伽利略的

冷漠皓月的奴仆。

我是自己漫漫人生的每一个片刻、

每一个不能成眠的焦躁夜晚、

每一次离别和每一次前夕。

我是房间里的那幅

我这双如今已经失明的眼睛

清楚见过的版画

---

* 标题原文为英文。
1 指阿根廷的科尔多瓦和西班牙的科尔多瓦。

《骑士、死神与魔鬼》的错误印象。

我就是那曾经见过

而且死后还将继续凝注着沙漠的另一个人。

我是一面镜子、一个回声。

我是墓志铭。

天　机

水龙头在第二重院落里

发出有节奏的滴答声，

就像恺撒的死亡，这是注定了的事情。

水龙头和恺撒都在天机之中，

那天机涵盖了无始无终的圆圈、

腓尼基人的船锚、

我的死期

和被遗忘了的费马大定理[1]。

冷静的人们

将那铁定的天机

看作是凤凰能从中死而复生的火焰。

那是以因为干、以果为枝的

参天大树；

它的叶片之间隐藏着罗马和迦勒底

以及雅努斯的两张面孔看到的一切。

寰宇是它的一个名字。

从来没有人见过寰宇是什么，

没有人能够成为别的什么东西。

1　法国数学家、微分学创始人费马（Pierre de Fermat，1601—1665）提出的假设，亦称"费马猜想"。近年已被证明。

胡安·穆拉尼亚的歌谣

我很可能在某个街角
早就曾同他擦肩而过。
我还是孩子,他已成年。
他的身世,我从未听说。

不知为什么那位前辈
总在我的祈祷中出现。
我知道自己注定要让
人们把穆拉尼亚纪念。

他这人只有一个长处。

有人却连一个都没有。
他是个最为勇敢的人，
经天的日月见证已久。

他待人一向彬彬有礼。
他从不喜欢逞能斗狠，
一旦到了必要的时候，
他又一定会兵必血刃。

每逢遇上竞选的场合，
对主子比狗都要忠诚。
他的情意却被人忘记，
接连着坐牢终生受穷。

即使将他与别人捆缚，
他也能进行殊死搏击；
面对纷纷而来的枪弹，
他也不过是挥刀迎敌。

卡列戈曾经将他讴歌，
现在我再次把他提起。
在这大限到来的时刻，
应该想想别人的遭际。

安德雷斯·阿尔莫亚[*]

岁月使他学会了一些瓜拉尼语,一旦需要,竟然也能派上用场,不过,翻译起来并非不费力气。

士兵们都能够接受他,不过,有些人(不是所有的)总觉得他身上有某种特别之处,仿佛他是异教徒、靠不住或者竟是个坏人。

他不喜欢人们的这种感觉,但是,更讨厌新兵对他表现出来的兴趣。

他不是酒鬼,不过,星期六倒是经常喝醉。

他有饮茶的习惯,这一习惯在一定程度上能够消除寂寞。

他不讨女人喜欢,也不去找女人。

他同多洛雷丝生了个儿子。关于儿子,已经多年没有任何消息了，因为，他和那些穷苦百姓一样，不会写信。

他不善言谈，但却总是要讲那次从胡宁到圣卡洛斯的长途行军；每次讲起来，用的字眼全都一样。他之所以用同样的字眼，也许是因为只记得那些字眼而忘掉了事情本身。

他没有床铺，每天睡在鞍垫上，却从来没有做过噩梦。

他良心清白，从来都只是执行命令。

他深得上司信任。

他是行刑刽子。

他已经不记得看到过多少次沙漠的黎明。

他已经不记得砍断过多少人的脖子，但却永远忘不了那头一回以及当时的草原景色。

他永远都不会被提升。他不应引人注意。

在原籍的时候，他是驯马好手。如今，他虽然已经驾驭不了生马，不过，却爱马并且也懂马。

他是一个印第安人的朋友。

---

* 读者应该设想他的故事发生在19世纪70年代的布宜诺斯艾利斯省。——原注

第 三 个 人*

我要把这首诗
(权且借用这个称呼)
献给前天夜里同我擦肩而过、
跟亚里士多德一样神秘的那第三个人。
星期六我走出了家门。
夜色中人流熙攘,
肯定会有那第三个人,
就像有过第四个和第一个一样。
我不知道我们是否曾经看到了对方,
他走向巴拉圭大街,我取道科尔多瓦[1]方向。
这几句话几乎画出了他的模样,

我却永远都不可能知道他的名字。

我知道他会有某种嗜好,

我知道他曾经瞩望过月亮。

不是没有可能他已经死了。

他也许会读到我此刻正在写着的诗句,

却不可能知道我在把他提及。

在那不可预测的未来,

我们可能成为对手而互相尊重

或者成为朋友而互相爱慕。

我做了一件无可挽回的事情,

我确立了一种关系。

在这同《一千零一夜》的描述

如出一辙的

平庸无奇的世界上,

没有一个举动

---

* 这首以世上生灵间的潜在联系为主题的诗基本上和题为《漆手杖》的那篇一样。——原注
1 此处指街名。

不冒变成邪术的危险，

没有一件事情

不成为一根无尽链条的开端。

我在想：这几行无谓的文字，

什么样的影响不会产生？

对现在的追思

恰在那一时刻,那人想道:
我将会不惜一切代价
换取能在冰岛凝滞的明灿阳光下
陪伴在你身边的幸福、
换取就像共享音乐
或者一种果香一样
共享现在的幸福。
恰在那一时刻,
那人就在冰岛、就在她的身边。

极　　点

那些期待你胆怯的人们留下的文字
肯定不会使你得救；
你不是别人，此刻你只是
你自己的足迹布下的迷阵的中心。
耶稣或苏格拉底的磨难
以及暮色黄昏时分
在花园中圆寂的佛法无边的悉达多
也挽救不了你的性命。
你亲手写下的文章、亲口说出的话语
也只能是飞絮浮尘。
天意之中没有怜悯，

上帝的暗夜漫无边际。

你的存在就是光明,不停流逝的光明。

你是那每一个孤独的瞬息。

诗 两 首

正　面

你在睡着。这会儿醒了。

明灿的清晨带来了初始的憧憬。

你早已忘却了维吉尔。那儿就是他的诗歌作品。

我为你带来了许多东西。

希腊人的四大根基：土、水、火、气。

一个女人的名字。

月亮的亲和。

地图的淡雅色泽。

具有陶冶净化功能的忘却。

挑挑拣拣并再次发现的记忆。

让我们觉得自己不会死去的习惯。

标记捉摸不到的时光的表盘和时针。

檀香的芬芳。

被我们不无虚荣地称之为形而上学的疑虑。

你的手期望抓取的手杖柄。

葡萄和蜂蜜的滋味。

反　　　面

想起一个睡着的人

是一件普通而常见

却又让人心灵震颤的事情。

想起一个睡着的人

就是将自己那没有晨昏的

光阴世界的无边囚禁

强加给别人，

就是向其表明

自己是囿于一个将其公之于世的名字、
囿于往昔累积的人或物，
就是骚扰他的永恒，
就是让他承受世纪和星辰的重负，
就是为岁月再造
一个往事难忘的乞丐，
就是亵渎忘川的清流。

天　　使

但愿人们不要愧对

那自从让太阳和星辰为之震撼的爱情

将他孕育成人

直到雷声在号角中轰鸣的

最后时辰

都在用剑护卫着自己的天使。

但愿人们不要将那天使带进糜烂的妓院、

专横笼罩着的宫殿、

放浪不羁的酒馆。

但愿人们不要屈尊乞怜、

将眼泪轻弹、

怀抱妄想、

因为怯懦而犹疑退缩、

像演戏一样作假蒙骗；

那天使一直都在看着他的举动。

但愿人们能够切记自己永远不会孤单。

无论是在光天化日之下还是在黑暗的笼罩中，

那不息的镜子都在见证；

不要让泪滴将那镜面玷染。

上帝啊，在这阳寿将尽之时，

但愿我不会让那天使蒙羞受辱。

睡　　眠

黑夜向我们行使起自己的神奇使命。

它将宇宙化解，

让盘根错节的

因因果果

在时光那无底旋涡中泯灭。

黑夜希望今天晚上你会忘掉

自己的名字、自己的前辈及其血统、

每一句话和每一滴眼泪、

几何学家的虚点、

线、面、棱锥、正方体、

圆柱、球面、大海、波涛、

你那贴在枕头上的面颊、

新被单的清爽、花园、

帝国、恺撒们和莎士比亚

以及那最难割舍的心爱的一切。

真是有趣,一粒药片竟能够

将整个世界抹去并制造出一片混乱。

一 个 梦

在伊朗的一个荒无人烟的地方有一座不是很高、无门也无窗的石塔。在那唯一的（泥土地面的圆形的）禅房里有一张木头桌子和一个板凳。在那间圆形的禅房里有一个样子像我的人在用一种我不懂的文字写着一首诗说一个人在另一间圆形的禅房里写着一首诗说一个人在另一间圆形的禅房里……就这样没完没了地延续下去，谁也读不到被囚禁的人们写下的东西。

《地狱篇》第五章第一百二十九行 *

他们丢弃了那本书，因为已经
知道自己成了书中的人物。
（他们还将被写进另一部顶尖作品，
不过，那对他们又有什么意义？）
此刻，他们是保罗和弗朗切斯卡，
并非分享同一个寓言的趣味的
两个朋友。
他们以惊异的喜悦凝目互望。
他们没有用手互相触摸。
他们有了唯一的宝贵发现，
他们找到了对方。

他们没有背叛马拉泰斯塔，

因为背叛需要有个第三者，

而世界上只有他们两个。

他们是保罗和弗朗切斯卡，

他们也就是那女王及其情人、

就是自从那个亚当和他的夏娃

在天堂的草地上相爱以来

曾经有过的所有情侣。

一本书、一场梦使他们明白

自己只是被人在不列颠的土地上

梦见过的梦中的人物。

还有另一部著作

将让本身就是梦的人物梦见他们。

---

* 但丁《神曲》这一章讲述的是拉文纳公国奎多·德·波伦塔大公的女儿弗朗切斯卡和保罗的恋爱故事。出于对公国利益的考虑，弗朗切斯卡嫁给了绰号"跛子"的马拉泰斯塔，后与马拉泰斯塔的弟弟、绰号"美男子"的保罗相爱。马拉泰斯塔发现后，将他们杀死。在《神曲》中，他们俩的灵魂附着在一起随风飘荡。

流逝或存在

那莱茵河可在天上流淌？莱茵河
可有一个变成模式的固定形状
不受时光那另一条莱茵河的影响
停留和长存于永恒的现在
并成为在我口授这篇诗作的时候
在德国不息奔流的莱茵河的根基？
柏拉图的追随者们这样推测，
而奥卡姆[1]却并不同意。
他曾说过：莱茵（这个名字
来源于 rinan，也就是奔流）
不过是人们随意送给那自古以来

从连绵的冰峰泄向海滨的

水流的一个称谓罢了。

可能真是这样。让别人去判定吧。

我再说一遍,难道我只不过是

那爱过、唱过、看到过并

体验过惊惧和希望的

一连串的白天和黑夜?

或者,还有另外一个隐秘的我、

我曾经到那贪婪的镜子里

去寻找过那如今已消失了的幻象的我?

也许,只有待到死了以后

我才能知道自己只是一个名字还是真的存在过。

---

1 William of Ockham（约1285—1347），英国哲学家、辩论家，晚期经院哲学的唯名论的创立者。

名　　望

见到过布宜诺斯艾利斯的发展，发展与衰落。

记得泥土的庭院和葡萄藤、门厅和水池。

继承了英语，研究过撒克逊语。

喜欢德语，留恋拉丁语。

在巴勒莫同一位旧时的杀人犯做过交谈。

痴迷于象棋和素馨花、老虎和六音步诗。

用马塞多尼奥·费尔南德斯的语气朗诵过他的作品。

了解形而上学的那些著名疑点。

颂扬过宝剑，却又从理性上热爱和平。

并不觊觎任何海岛。

未曾跨出过自己的图书馆的大门。

只是阿隆索·吉哈诺而没有胆量去做堂吉诃德。

向比自己博学的人传授自己并不掌握的知识。

欣羡月亮的光华和保尔·魏尔兰的品德。

拼凑出过十一音节的诗作。

重新讲述那些古老的故事。

用当今的语言整理了那五六个比喻。

曾经拒收贿赂。

是日内瓦、蒙得维的亚、奥斯汀和（像所有人一样）罗马的公民。

推崇康拉德。

是那个谁也说不清的东西：阿根廷人。

是瞎子。

所有这一切没有一件有什么特别，但是，加在一起却给了我以连我自己都还没有弄懂的名望。

正 直 的 人

一个像伏尔泰希望的那样栽花种草的人。

感谢人世间有音乐的人。

欣喜地发现了一个词语的来源的人。

在城南的一家咖啡馆里默默下棋的两个职员。

在思索用色和造型的陶工。

在诵读某首颂歌的最后诗节的女人和男人。

抚摩睡着了的动物的人。

为别人或者愿意为别人对自己的伤害辩解的人。

感谢人世间出了个斯蒂文森的人。

宁愿别人有理的人。

所有这些人,他们互不相识,却在拯救世界。

帮　　凶

如果处我以极刑，我就是那十字架和铁钉。

如果赐我以药酒，我就是那毒芹。

如果要将我欺骗，我就是那谎言。

如果要将我焚烧，我就是那地狱。

我应该赞美和感谢时光的每一个瞬息。

我的食粮就是世间的万物。

我承受着宇宙、屈辱、欢乐的全部重负。

我应该为损害我的一切辩解。

我的幸与不幸无关紧要。

我是诗人。

间　　谍

有人在火热的战斗中

为祖国献出了生命,

大理石碑镌刻下了他们的英名。

我却默默地在自己仇视的城市里游荡。

我为祖国做了另外的事情。

我失去了廉耻,

背弃了把自己当作朋友的人们,

拖人下水出卖良心,

憎恶祖国的称谓。

我自认是个卑鄙小人。

沙　　漠

在走进沙漠之前，

士兵们在水坑里痛饮了一番。

希罗克洛斯[1]将自己的罐子里的水

泼到了地上并且宣言：

如果我们必须步入沙漠，

我现在就已经身处沙漠中间。

如果我们必须忍受干渴，

那就让干渴现在就将我熬煎。

这是一个比喻。

在我坠入地狱之前，

神的侍从们让我见到了一枝玫瑰。

在这黑暗的王国里面,

那玫瑰一直让我心碎。

一个女人将一个男人抛弃,

他们假设了一次最后的约会。

那男人说道:

如果我必定要独处,

我现在就已经形只影单。

如果我必定要忍受干渴,

那就让干渴现在就将我熬煎。

这又是一个比喻。

在这人世之上,

没有一个人有做那个男人的勇气。

---

1 Hierocles（活动时期 430 年左右）, 新柏拉图主义哲学家, 曾随希腊哲学家普卢塔克学习, 后定居亚历山大城。

漆 手 杖

玛丽亚·儿玉发现了那根手杖。它漂亮而结实,却又轻得出奇。谁见了都会注意,注意了就不会忘记。

我看着那根手杖,觉得它是那个筑起了长城、开创了一片神奇天地的无限古老的帝国的一部分。

我看着那根手杖,想起了那位梦见自己变成了蝴蝶、醒来之后却不知道自己是梦见变成蝴蝶的人还是梦见变成人的蝴蝶的庄周。

我看着那根手杖,想起了那位修裁竹竿并将其一端弯成恰好可以让我用右手把握的曲柄的工匠。

我不知道那工匠活着还是死了。

我不知道他信奉道家还是佛教,不知道他是否翻查六十四式的卦书。

我们永远都不会谋面。

他消失在九亿三千万人之中。

然而，我们之间却有着某种联系。

不是不可能早就有人设计好了这种联系。

不是不可能世界需要这种联系。

致 岛 屿

美丽的英格兰啊,我该怎样将你称呼?

颂歌的华丽与夸张

不符合你的羞怯拘谨,

显然我不该尝试使用。

我不去谈论你的海域,那就是所有的大洋,

我也不提,亲爱的岛屿啊,

那强迫你向别人挑战的帝制。

我只是小声地列举几个象征:

如今已经变成梦的卡罗尔的梦的

红色国王的梦爱丽丝,

茶水和甜点的芳香,

花园中的迷宫,

日暑,

柯尔律治没有见过

却言之凿凿的

那位向往(可又从来未对人承认自己向往)

东方及荒凉冰原的人物,

至今依然的雨声,

飘落在脸上的雪片,

塞缪尔·约翰逊的雕像的投影,

尽管没人能够听到

但却仍然在回荡的竖琴余音,

照出过弥尔顿那茫然目光的

镜子的玻璃,

罗盘那恒久的摆动,

《殉道书》,

一部《圣经》的最后几页

提及的有关神秘世代的记述,

大理石下的尘埃,

曙色的悄然升起。

这里只有你和我,我心中的岛屿。

没人能够听到咱们的絮语。

在这黄昏后黎明前的时刻,

咱们默默地将这共同珍爱的一切回忆。

围　　棋

今天，一九七八年九月九日，

我的掌心攥着一颗小小的圆子，

这样的圆子共有三百六十一颗，

是一种东方的弈术所必需，

那如同摆布星宿的游戏叫围棋。

那是一种比最古老的文字还要古老的发明，

棋盘就好像宇宙的图形，

黑白交错的变幻

足以耗尽千秋生命。

人们可以对之痴迷，

就好像坠入爱河与欢情。

今天，一九七八年九月九日，

我本来就对好多事物无知无识，

这会儿再次感到困惑，

我要感谢诸路神祇，

他们让我得见这处迷宫，

尽管我永远都不能探知其中的奥秘。

神　　道*

在我们沉浸于不幸之中的时候，

偶然注意到或想起的

微不足道的小事

会让我们在一瞬间忘情：

果品的幽香，清水的甘凉，

梦中再现的面孔，

十一月初放的素馨，

罗盘的永恒指向，

一本以为已经丢失了的书籍，

突然想起的诗句，

能够为我们打开房门的钥匙，

一条街道的名字，

一张地图的彩色，

不经意发现的一个词语的来源，

锉过的指甲的光洁，

我们执意要想起的日期，

默数夜半的十二下钟响，

身上突发的剧痛。

神道的神祇共有八百万，

他们悄然地巡行于天地之间。

那些小小的神明时常会将我们光顾，

光顾而后又倏忽不见。

---

* 日本固有的宗教神道教的简称。

外 乡 客

神龛上供着一把剑。

我身为神社的二祀官,却从未见过。

别的寺庙敬奉的是铜镜或石头[1]。

那些器物被当成神体因为曾属奇绝罕见。

我讲话非常坦率:在各种教派里面,神道最不足道。

最不足道,却最为古老。

有关文献是那么久远,以至于连字迹都几乎难以分辨[2]。

一只麋鹿或者一滴露珠都可能具有神性。

神道昭示我们行事为人要以善为本。

神道并不宣扬人在营造自己的羯磨[3]。

神道不以惩罚来恐吓,也不用奖掖来收买。

信奉神道的人可以接受佛陀或者耶稣的说教。

神道尊天皇、敬死者。

神道认为人死后变成神保佑亲人。

神道认为树死后变成神保佑树。

神道认为盐、水和音乐可以净化心灵。

神道认为神祇的数目多不胜数。

今天上午，一位秘鲁的老诗人前来造访。他是个瞎子。

我们分享了院子里的花香、土地的潮气、鸟的啼啭、神的启迪。

我通过翻译尽量向他解释了我们的教义。

不知道他是否明白了其中的道理。

西方人的脸上像是戴着面具，让人看不到他们的心底。

他说，回到秘鲁之后，他将把我们的谈话写进诗里。

我不知道他是否真的会写。

我不知道我们是否还能再聚。

---

1 此处指的是神道教的主神天照大神赐予其后代的三件神器：八尺镜、天丛云剑和八坂琼曲玉。神社的本殿里供奉的神体（象征神的物品）通常是神镜、丛云剑或其他物件。神体均经精心包裹并置于容器之中，禁止启视。只有大祀官可以到达本殿的最深处。
2 指分别成书于712年和722年的神道经典《古事纪》和《日本书纪》。
3 佛教用语，梵语karma的音译，意为"业"。

俳句十七首

一

黄昏和大山
对我说过些什么。
我已经忘记。

二

漫漫的长夜
此刻只是变成了
一缕缕香气。

三

在天亮之前
那被我忘掉的梦
是真还是假?

四

琴弦已悄寂。
悠扬乐声倾诉了
我心中感受。

五

园中的杏树
唤起了我的欣喜。
我联想到你。

六

在冥冥之中,
书籍、图片和钥匙
伴我生与死。

七

自从那一天,
我没有再移动过
枰上的棋子。

八

在漫漫荒漠,
曙光也一样绚丽。
知之者有人。

九

闲置的宝剑
梦着自己的战绩。
我另有所梦。

十

人已经死了。
胡须却毫不知晓。
指甲还在长。

十一

正是这只手
曾经抚摩过一次
你如丝秀发。

十二

在屋檐底下,
镜子照得出来的
只是那明月。

十三

在月亮光下,
变得修长的影子
孤独而无伴。

十四

将熄的火焰
或者流萤的闪亮
可是个王国?

十五

新月悬夜空。
在另外一处门口，
她也在凝望。

十六

啁啾起远处。
夜莺却并不知道
在把你安慰。

十七

那苍老的手
还在为了被忘却
把诗句书写。

日　本

透过罗素的著述，我了解了集的理论。这集论[1]提出并探讨一个长生不老的人即使毕其无限的年华也数不清楚的庞然大数，在那个想象中的王国里，用希伯来字母来代表数字[2]。那个复杂的迷宫容不得我去涉足。

透过定义、公理、命题和推论，我了解了斯宾诺莎的无限样态的实体。这个实体具有无数的属性，其中包括了空间与时间。这样一来，如果我们说出或想到了一个词汇，与此同时就会在无数不可思议的领域里发生无数件事情。那个复杂的迷宫容不得我去涉足。

透过像魏尔兰一样偏爱色调而不是色泽的山峦，透过含蓄而不夸张的文字，透过水与石同等重要的庭园，透过从未见过真虎的人画出的堪称惟妙惟肖的老虎，透过功名之途"武士道"，透过对剑的情怀，透过桥式、晨景和神社，透过低沉得几乎听不到的音乐，透过悄声细语的人群，日本啊，我了解了你的概貌。那个复杂的迷宫……

一八七〇年左右，草原印第安人去到了胡宁要塞。他们从未见过门、铜质门钗和窗户。对他们来说，那些东西就像我们眼中的曼哈顿一样新鲜，所以看了摸、摸了看，然后就又重新返回了自己的荒原。

---

1 原文为德文。集论，亦称集合论，是研究"集"的运算及其性质的数学分支。
2 指用希伯来文二十二个字母中的前十个依次代表数字 1 至 10，随后的八个依次代表 20 至 90，最后四个分别代表 100、200、300 和 400 的体系。

天　　数

自从那个如今已经无法追回的夜晚，
或者，从你那朦胧的双眼
于黄昏乍始的时分平生头一次
在一处花园或庭院得识月亮的容颜，
那皓月就怀着默默情意
（维吉尔大概是这么说的）与你为伴。
永远都会这样吗？我知道，
总有一天会有人坦白地告诉你：
你将再也见不到那轮明月，
天数有定，谁也不能改变，
你已经到了限定的终极。

即使打开世界上的所有窗户

也于事无补。晚了。你再也找不到月亮的踪迹。

我们活着,一次又一次地

看到又忘却夜幕下的那甜蜜景观。

应该好好珍惜。这可是最后的机缘。

图书在版编目(CIP)数据

天数 / (阿根廷) 博尔赫斯 (Borges, J. L.) 著;
林之木译. —上海:上海译文出版社, 2016.8
(博尔赫斯全集)
ISBN 978-7-5327-7207-0

Ⅰ.①天… Ⅱ.①博…②林… Ⅲ.①诗集-
阿根廷-现代 Ⅳ.①I783.25

中国版本图书馆CIP数据核字 (2016) 第028166号

JORGE LUIS BORGES
La cifra

Copyright © 1996 by María Kodama
All rights reserved

图字:09-2010-605号

本书由上海市新闻出版专项资金资助出版

天数	JORGE LUIS BORGES	出版统筹	赵武平
	豪尔赫·路易斯·博尔赫斯 著	责任编辑	缪伶超
La cifra	林之木 译	装帧设计	陆智昌

上海世纪出版股份有限公司
译文出版社出版
网址:www.yiwen.com.cn
上海世纪出版股份有限公司发行中心发行
200001 上海福建中路193号 www.ewen.co
上海信老印刷厂印刷

开本850×1168 1/32 印张3.5 插页2 字数16,000
2016年8月第1版 2016年8月第1次印刷

ISBN 978-7-5327-7207-0/I·4381
定价:30.00元

本书版权为本社独家所有,未经本社同意不得转载、摘编或复制
本书如有质量问题,请与承印厂质量科联系,T:021-39907735